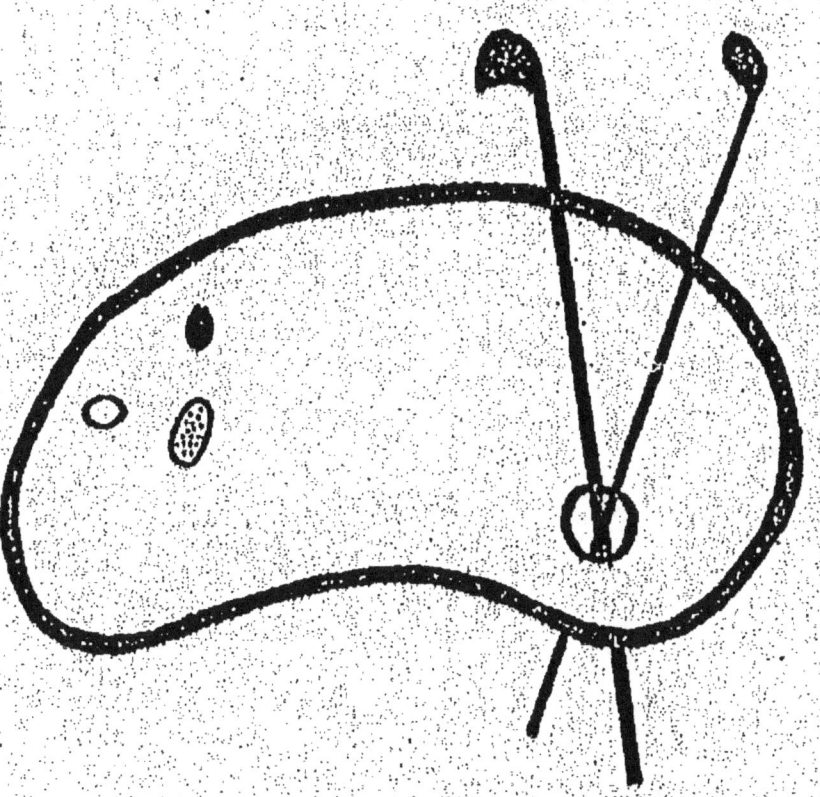

COUVERTURE SUPÉRIEURE ET INFÉRIEURE
EN COULEUR

LA

FAMILLE DE MOLIÈRE

ÉTAIT

ORIGINAIRE DE BEAUVAIS.

OFFERT PAR L'AUTEUR

à M.

Cy deuant gilt hōnefte fēme
dame Simōne pocquelin fēme
d'Anthoine bachelier Marchāt
et bourgeois de Beauuais
laqlle trefpaffa le xxᵉ joᵉ d'Aoust
1592 Aagee de lxv ans.
Priez Dieu pour foy Ame

PORTRAIT & PIERRE TOMBALE
DE SIMONNE POCQUELIN
conservés au Musée de Beauvais.
(Tiré a 25 exemplaires).

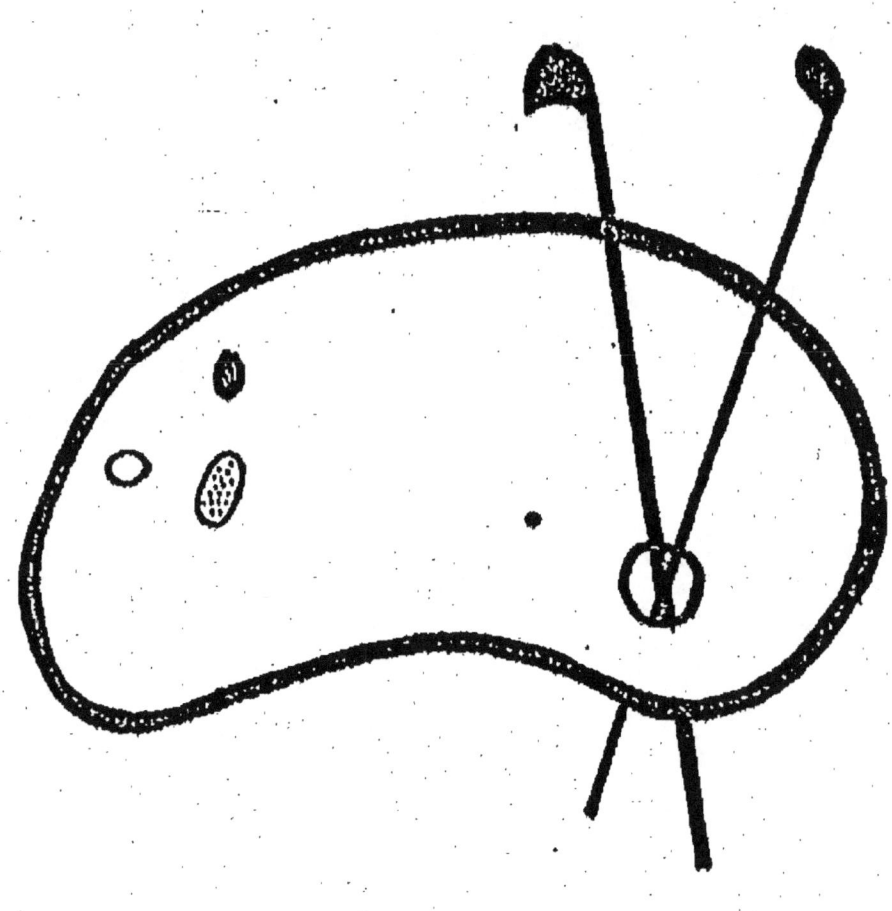

LA

FAMILLE DE MOLIÈRE

ÉTAIT

ORIGINAIRE DE BEAUVAIS.

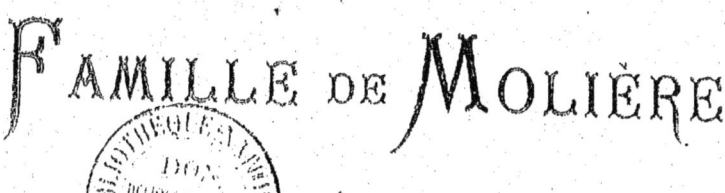

NOTES

PUBLIÉES

par M. MATHON.

Correspondant du Ministère de l'Instruction publique
pour les travaux historiques.

PARIS

Librairie de veuve *HENAUX*, quai Voltaire, 19.

1877.

La famille de Molière

ÉTAIT ORIGINAIRE DE BEAUVAIS.

En dressant, en 1861, une partie du catalogue du musée de
Beauvais, mon attention fut attirée tant par une pierre tombale
portant la date de 1592, sur laquelle était inscrit le nom de Simone Poquelin, que par le portrait, peint sur toile, de cette
même beauvaisine. En même temps que M. G. Desjardins me
faisait savoir que ce nom de Poquelin se retrouvait fréquemment
dans des actes conservés au palais de justice de Beauvais, j'avais
connaissance d'une lettre écrite à la fin du XVII° siècle, dans laquelle on lit cette phrase : « C'est par M. Pocquelin que j'ay ap-
« pris que madame votre grand mère portait son nom et estoit
« sa parente ; j'ay, de mon costé, pour bissayeule, une Pocque-
« lin qui estoit sœur du grand père de M. Pocquelin. »
Cette lettre était accompagnée de cette courte généalogie :
Anne Pocquelin a épousé M. Paul Brochant (1).

Madeleine Brochant a épousé M. Charles Guiller.

Louis Pocquelin, négociant, puis écuyer, valet de chambre
de Mgr le duc d'Orléans, fils de Louis Pocquelin et de Claire
Flouret (2).

---

(1) Voir le tableau généalogique page 12.

(2) Philippe Flouret, avocat, fut échevin de la ville de Beauvais en 1675.

Marguerite Pocquelin, fille de Louis Pocquelin et de Claire Flouret, a épousé Jean Borel, secrétaire de la reine-mère du roi Louis XIV.

Eustache Borel, seigneur de Berneuil, a épousé Marie-Louise de Monpassant.

Eustache-Louis Borel, écuyer, premier président, lieutenant-général de Beauvais, a épousé Marie-Françoise de Malingues, et dont dix sept enfants.

Ces indications, quoique peu précises, me firent supposer que les ancêtres du grand Molière (1) pouvaient être originaires de Beauvais, et ces quelques notes et recherches furent adressées, en 1863, au Comité des travaux historiques dans le but d'attirer l'attention des historiens du père de la comédie française. Ces communications me mirent en rapport avec M. Eud. Soulié, conservateur du musée de Versailles, qui venait de publier ses *Recherches sur Molière et sa famille*, en un volume in-8° paru en 1862. A la page 197 de cet ouvrage on lit le contrat de mariage de Jean Poquelin, le jeune frère de Molière, et au nombre des témoins de cet acte se trouve le nom de Claude Ticquet, marchand, demeurant à Beauvais, ami de Jean Pocquelin. A cette même page, M. Eud. Soulié a inséré une note résumant les indications données dans le catalogue du musée de Beauvais, au sujet de Simone Pocquelin.

---

(1) Un arrêt du parlement, du 8 avril 1306, condamne Henri Poquelin, communier, qui était allé s'établir à Paris, à payer la taille à laquelle il était imposé à Beauvais comme forain. Mon collègue à la Société des Antiquaires de Picardie, M. Boyer de Sainte-Suzanne, gouverneur général de la principauté de Monaco, dit dans ses *Notes d'un curieux. L'atelier de tapisseries de Beauvais :* qu'en 1665 un sieur *Poquelin, né à Beauvais (serait-ce un parent de Molière, qui était fils d'un tapissier, valet de chambre du roi?), fut envoyé en mission par Colbert pour étudier l'état du commerce en Picardie.* Cette mission lui était donnée une année après l'établissement de la manufacture de tapisseries de Beauvais.

Dans un compte de la fabrique de la cathédrale de Beauvais, en 1472, on lit : Reçu des exécuteurs de Pierre Pocquelin, de la paroisse de la Basse-Œuvre, 2 sols.

La correspondance qui, à cette époque, eut lieu avec M. Eud. Soulié vint confirmer l'opinion que m'avaient fait concevoir la pierre tombale et le portrait, ainsi que les diverses notes recueillies en 1862; elle s'affirma davantage en lisant plus tard un compte-rendu du *Jubilé de Molière*, où M. Ed. Fournier déclara que les *Pocquelin, le vrai nom du grand comique, étaient originaires de Beauvais.* MM. Ed. Fournier et Eud. Soulié sont les deux écrivains qui ont le plus étudié Molière.

Molière avait, dès sa jeunesse, beaucoup de propension pour se faire comédien. Son père, qui était tapissier à Paris, ne voulait pas le laisser monter sur les tréteaux; il ne savait pas encore que son fils serait un des plus habiles auteurs de son temps; mais le grand-père de Molière, comme le dit M. Auger dans sa notice biographique sur celui qui fut l'une des gloires de l'esprit français, le menait souvent à l'hôtel de Bourgogne où brillaient des acteurs de renom, tels que Gauthier-Garguille, Belle-Rose, Turlupin.

Molière avait certainement les goûts et les idées de son aïeul, et ce dernier était loin d'être ennemi du théâtre comme son fils. Celui-ci, un jour, laissa voir son mécontentement. « Avez-vous donc le désir de faire de cet enfant un comédien, dit-il. — Plut à Dieu qu'il fut aussi bon que Belle Rose, » répondit le grand-père, que nous croyons être né à Beauvais, et la publication des lettres suivantes ne peut qu'augmenter notre opinion :

Palais de Versailles, le 30 août 1864.

En attendant l'envoi de mon volume de *Recherches sur Molière*, qui a déjà un an de date, permettez-moi de vous adresser tout de suite l'épreuve du passage très-succinct que j'ai consacré aux Pocquelin de Beauvais. Ce renseignement m'est arrivé pendant le cours de l'impression de mon volume, et je n'ai pu que lui donner une très-petite place à propos d'un des témoins présents au mariage du frère cadet de Molière.

Je vous serai très-reconnaissant, Monsieur, de me faire communiquer ou remettre, si c'est possible, le résultat de vos recherches, déposé au ministère de l'instruction publique; lorsque j'en aurai pris lecture, je vous ferai part de mes impressions relativement à ce travail et je n'hésiterai pas à vous demander de nouveaux renseignements si je les crois nécessaires. Il va sans dire que je serai très-heureux de citer, dans mon travail définitif, la part bien importante que vous aurez prise à la généalogie de la famille Pocquelin.

J'espère, Monsieur, avoir bientôt l'occasion de correspondre de nouveau avec vous, et je vous prie d'agréer, dès à présent, l'expression bien sincère de ma reconnaissance et de mes sentiments dévoués.

EUD. SOULIÉ.

Versailles, le 2 septembre 1864.

.... je vous adresse la troisième partie du catalogue du musée de Versailles, où vous trouverez, p. 321, n° 4107, l'article relatif au portrait du Père Alexandre Pocquelin (1), sur lequel vous pourrez peut-être me fournir quelques renseignements pour ma troisième édition.........

Palais de Versailles, le 4 septembre 1864.

Monsieur,

J'ai reçu hier quatre des communications que vous avez faites les 3 août, 10 octobre, 30 décembre 1863 et 21 janvier 1864. Il me manque la cinquième, celle du mois de mars 1864; mais d'après l'extrait que j'en ai lu dans le dernier numéro de la *Revue des Sociétés Savantes*, je peux, dès à présent, vous donner mon avis sur la question que vous avez entrepris d'élucider, et vous demander instamment de poursuivre un travail qui, je l'espère, arrivera à fixer définitivement les origines de la famille de Molière.

Dans le *Supplément à la Vie de Molière*, par Voltaire, qui se trouve en tête de l'édition in-8° des *Œuvres de Molière*, donnée en 1773, Bret, l'auteur de cette édition, est le premier qui ait parlé des origines de la famille de Molière. Je vais vous transcrire ici ce qu'il en dit, t. I, p 51 et 52:

« En faisant des recherches plus exactes que l'on n'en a fait jusqu'à « présent sur la famille de Molière, on a appris qu'il s'y conservoit une « tradition qui donneroit au nom de Poquelin plus d'importance civile « qu'il n'en a eu; mais la plus grande gloire de ce nom sera toujours « d'avoir été celui du père de notre théâtre comique.

« Un nommé Poquelin, écossois, fut un de ceux qui composèrent la « garde que Charles VII attacha à sa personne, sous le commandement « du général Patiloc. Les descendans de ce Poquelin s'établirent les uns « à Tournai, les autres à Cambray, où ils ont joui longtemps des droits « de la noblesse. Les malheurs des temps leur firent une nécessité du « commerce, dans lequel quelques-uns d'entre eux vinrent faire oublier « leurs privilèges à Paris.

---

(1) Ce religieux appartenait à l'ordre des Franciscains ou Frères mineurs, fondé par saint François d'Assise. Au-dessous de ce personnage se trouve l'inscription suivante : *R. P. Alexan. Pocquelin Hellouacus.*

« Tels sont les faits que l'on a appris de quelques personnes qui portent
« encore parmi nous le nom de Poquelin ; mais qu'importe aux parens
« collatéraux de Molière la notoriété mieux constatée d'une noblesse que
« leurs ancêtres avoient perdue ? Ils ont acquis un plus beau titre, et que
« les temps ne peuvent effacer, celui d'appartenir à un des plus grands
« hommes qu'ayent produit les lettres.

« L'éditeur a sous les yeux un arbre généalogique de la famille des
« Poquelins établis à Paris ; qui le croirait ? Jean-Baptiste Poquelin, dit
« Molière, ne s'y trouve point : sa profession de comédien l'en a exclus
« Il n'y avoit pourtant que l'orgueil bien pardonnable de vouloir tenir à
« lui qui pût justifier la peine qu'on a prise de faire une généalogie.
« Qu'est-ce que le nom de Poquelin séparé de celui de Molière ? »

L'arbre généalogique que Bret avait sous les yeux contenait-il la branche
Poquelin-Molière, sans que ce dernier nom y fut mentionné, et si cette
branche s'y trouvait, Bret aurait-il pu la reconnaître puisqu'à l'époque où
il écrivait on ignorait le vrai nom de la mère de Molière ? Supposons que
Bret ait trouvé sur cet arbre généalogique un Jean Poquelin, fils de Jean
Poquelin et de Marie Cressé, il n'aura pu reconnaître Molière puisqu'il le
croyait fils d'une Anne Boudet ou Boutet. Quant à moi, je crois que Bret
avait sous les yeux une généalogie analogue à celle que j'ai trouvée aux
Archives de l'empire et dont je vous envoie la transcription littérale (1).

Vous remarquerez, Monsieur, que le chef de cette branche de la famille Poquelin, Jean Poquelin, marié à Anne Gaude, est le troisième fils
de Jean Poquelin, marchand bourgeois de Beauvais, époux de Marie
Cozette, que vous avez signalé dans votre lettre du 30 décembre 1863.
Il est donc incontestable, d'après vos recherches, que cette famille Poquelin était originaire de Beauvais. Les derniers descendants de cette
branche, dont le nom s'éteint avec Agnès-Reine Poquelin, sont aujour-
d'hui les enfants de M. Révérend Du Mesnil, receveur des domaines à
Maximieux (Ain). J'en ai la preuve que je pourrai vous fournir, et M. Du
Mesnil sera certainement très-heureux de votre découverte.

Il est un autre point de cette généalogie qui se rapporte à vos recherches : c'est la mention d'une Anne Poquelin, femme de Paul Brochant.
Ce fait se trouve constaté à la fois sur la copie que je vous envoie, au
milieu de la troisième colonne, et dans le fragment généalogique qui ac-
compagne la lettre autographe adressée par vous à M. le Ministre de
l'Instruction publique. La pièce conservée aux Archives de l'empire ayant
été faite pour la famille Brochant, il y a là une nouvelle certitude pour
l'origine de cette branche de la famille Poquelin.

Maintenant, le grand-père de Molière descendait-il également d'un Po-

(1) Alliances de la famille Brochant avec la famille Pocquelin. (*Arc. Nat.*, M. 572 3 4.)

quelin de Beauvais? C'est, pour moi, plus que probable ; c'est presque une certitude. Voyez, Monsieur, que de ramifications, encore inconnues, de cette famille. Je trouve, aux Archives de l'empire, une branche qui a pour chef Jean Poquelin, troisième fils de Jean Poquelin et de Marie Cozette ; vous trouvez, à Beauvais, la descendance de leur deuxième fils, Robert Poquelin. Eh bien, il faut maintenant chercher la descendance de Guy Poquelin, leur fils aîné, qui, suivant votre indication, alla s'établir à Paris. Ce Guy Poquelin ne peut être, comme vous l'avez supposé, celui dont parle M. Edouard Fournier, puisque cet écrivain dit, d'après Beffara, que la femme de ce Guy Poquelin se nommait Suzanne Prévost, et que nous retrouvons, dans la généalogie faite pour la famille Brochant, ce Guy Poquelin, marié à Suzanne Prévost, comme deuxième fils de Jean Poquelin et d'Anne Gaude.

Arrivons à la généalogie de Molière, telle que Beffara l'a donnée en tête de l'édition Auger, 1819, in-8°, t. I. De cette généalogie et des découvertes postérieures, il résulte que :

Jean Poquelin, marchand tapissier, marié à Paris, le 11 juillet 1594, à Agnès Mazuel, mort à Paris le 14 avril 1626,

   eut pour fils

Jean Poquelin, marchand tapissier, né en 1595, marié, le 27 avril 1621, à Marie Cressé, sa première femme, mort le 27 février 1669,

   lequel eut pour fils aîné

Jean Poquelin, baptisé à Saint-Eustache le 15 janvier 1622, qui est incontestablement le même que Jean-Baptiste Poquelin-Molière.

Pourquoi Jean Poquelin, époux d'Agnès Mazuel et grand-père de Molière, ne serait-il pas fils de Guy Poquelin, qui alla s'établir à Paris, et par conséquent petit-fils de Jean Poquelin, marchand bourgeois de Beauvais, et de Marie Cozette ? J'appelle, Monsieur, toute votre attention sur ce point. Nous avons la descendance des deux fils puînés de Jean Poquelin et de Marie Cozette ; c'est celle de leur fils aîné, Guy Poquelin, qu'il nous faut. Je chercherai, de mon côté, à Paris, et si je découvre quelque chose, je m'empresserai de vous le faire savoir, surtout si nous avons, enfin, le bonheur de trouver le fil qui relie les Poquelins-Molière de Paris aux Poquelins de Beauvais.

Je vous remercie encore, Monsieur, de m'avoir facilité les moyens d'en prendre connaissance, et je vous renouvelle l'assurance de mes sentiments les plus dévoués.

          Eud. Soulié.

       Versailles, le 6 septembre 1864.
Monsieur,

J'ai reçu les brochures que vous avez bien voulu m'envoyer et votre lettre du 4. Je suis bien heureux d'avoir pu vous prouver, sans retard, toute l'importance que j'attache à vos recherches sur les Poquelins de

Beauvais. Les relations du frère de Molière avec Claude Ticquet me donnent l'espoir que vous retrouverez quelques traces du lien qui les unissait. Je vous ai cité, dans ma dernière lettre, le passage de Bret, relatif à la famille de Molière ; mais je n'ai pas grand'foi dans une tradition qui, d'après ce qu'en dit Bret lui-même, ne paraissait pas constatée sur l'arbre généalogique qui lui avait été communiqué.

Si vous trouvez quelque chose de nouveau, Monsieur, permettez-moi de vous conseiller de continuer vos communications au Comité, et seulement de m'en prévenir au même moment. Je ne voudrais pas avoir l'air de détourner, à mon profit, la suite d'un travail dont les premiers résultats ont été constatés dans la *Revue des Sociétés Savantes*. En ce moment je termine les tables d'une longue publication, celle des *Mémoires du duc de Luynes* sur le règne de Louis XV, qui forment dix-sept volumes ; mais le mois prochain je compte reprendre mes recherches pour mon édition de Molière. Je n'ai pas encore examiné les papiers de Beffara, qui sont à la Bibliothèque impériale ; lorsque je les aurai dépouillés, je dressera avec ses documents, les vôtres et les miens une généalogie de la famille Poquelin, que je vous communiquerai, et que, peu à peu, nous pourrons, je l'espère, compléter et mener à bonne fin, et surtout grâce à vous, à bon commencement.

Je vous remercie beaucoup des renseignements que vous me donnez sur les registres provenant de la famille Du M.... Ces registres auront un très-grand intérêt, non seulement pour moi, mais pour un de mes amis, M. Paul Mantz, qui est aussi lié avec M. Champfleury, et qui écrit une histoire de l'orfèvrerie en France. Nous avons dîné tous trois ensemble, hier, à Paris et nous avons beaucoup parlé de vous, Monsieur. Il est probable que je ferai une excursion à Beauvais en compagnie de M. Mantz ; mais sera-ce cette année ou l'année prochaine ? Nous ne savons encore. Si j'y venais seul, Monsieur, je n'hésiterais pas à accepter l'hospitalité que vous m'offrez si gracieusement, et, bien entendu, je vous en préviendrais à l'avance. Je ne connais pas Beauvais ; j'y suis passé, en 1838, en allant au château d'Eu pour rédiger le catalogue des portraits qui s'y trouvaient alors. Il n'y avait pas, à cette époque, de chemin de fer, et je me rappelle avoir sauté de l'impériale de la diligence pour aller admirer l'extérieur de votre cathédrale éclairée par le soleil levant. J'avais vingt ans et je venais d'entrer dans l'administration des musées.

Je vous enverrai prochainement, Monsieur, les deux premières parties de mon catalogue de Versailles, afin que vous ayiez l'ouvrage complet ; je désire qu'il puisse vous être quelquefois utile. J'aurai certainement le plaisir de vous voir un jour, Monsieur, soit à Versailles, soit à Beauvais, et, en attendant, j'espère que nous échangerons souvent des lettres amicales et instructives ; aussi je termine celle-ci en me disant très-familièrement et très-sincèrement.......

Tout à vous.　　　　　　　　EUD. SOULIÉ.

- **Robert Pocquelin — Simone Baudouin.......**
  - N. Pocquelin, fille.
  - Robert Pocquelin — N. de Lubert.
    - Robert Pocquelin, curé de Saint-Sauveur.
    - Constance Pocquelin, femme de N. Josse de La Peronie.
    - Anne Pocquelin, femme de N. Maridat.
  - Pierre Pocquelin, marchand mercier, directeur de la Cⁱᵉ des Indes — Marie Brochant.
    - Pierre Pocquelin, chartreux.
    - N. et N. Pocquelin, religieuses annonciades, à Saint-Denis.
  - Jean-Baptiste Pocquelin — Anne de Faverolles.
    - Agnès Pocquelin, femme de N. Parassi.
    - Charles-Henri Pocquelin, correcteur des comptes, Elisabeth Dandrot............
      - Charles-Thomas Pocquelin, officier, N. Lambert.
        - Agnès-Reine Pocquelin.
      - Cl. Pocquelin, capitaine d'infanterie, chevalier de Saint-Louis — Geneviève-Marguerite de Faverolles.
      - Anne-Elisabeth Pocquelin, femme de René le Noir, capitaine de cavalerie.
      - Agnès Pocquelin, fille.
    - François Pocquelin, auditeur des comptes.
  - Philippe Pocquelin — N. Simonet.
    - N. Pocquelin, femme de N. Jacquin.
    - N. Pocquelin, directeur des fermes.
    - N. Pocquelin, abbé de...
  - N. Pocquelin, femme de N. Elyot.
    - N. Elyot.
    - N. Elyot, femme de N. Joly, conseiller de la Cour des Aides.
    - N. Elyot.
  - Marie Pocquelin, femme de N. Maillet.
    - N. Maillet, chanoine régulier, curé de Sainte-Madeleine, à Rouen.
    - N. Maillet, trésorier de France, à Rouen.
    - N. Maillet, prêtre de l'oratoire.
- **Guy Pocquelin — Suzanne Prevost.**
  - Pierre Pocquelin — Marie Suisse.
    - Pierre-Antoine Pocquelin.
    - Louis-Claude Pocquelin.
    - Thomasse-Simone Pocquelin.
    - Marie Pocquelin, femme de N. de La Fosse.
- **Louis Pocquelin — Marie Lempereur.........**
  - Anne Pocquelin, femme de Paul Brochant, marchand, fournissant les écuries du roi.
  - Madeleine Pocquelin, f. de François Gautier, marchand de soie.
  - Philippe Pocquelin, directeur de la manufacture des glaces. — Catherine Rousseau...........
    - Jean-Louis Pocquelin, religieux de Saint-Antoine.
    - Anne-Catherine Pocquelin, femme de Pierre Tauxier.
    - Madeleine Pocquelin, femme de Joseph Manessier.
    - Pierre-François Pocquelin, mort sans enfants.
    - Philippe-Louis Pocquelin, garçon, directeur de la manufacture des glaces.
    - Marie Pocquelin, femme de N. du Rouvie.
  - Nicolas Pocquelin, chanoine du Mans.
  - Jean Pocquelin, marchand, puis curé d'Ossé et Béranger, au pays du Maine.

De nouvelles recherches eurent lieu depuis cette dernière lettre. La mort de M. Eud. Soulié est venue s'opposer à la réalisation du projet fait par cet érudit de publier un travail plus complet sur Molière.

Probablement que des bibliothèques particulières de Beauvais possèdent des documents pouvant donner de nouveaux éclaircissements sur la généalogie des Poquelin ; on nous a affirmé que les manuscrits historiques et si précieux pour l'histoire de notre pays, et qui appartiennent à M. Le Caron de Troussures, membre de la Société Académique de l'Oise, renferment des notes généalogiques fort étendues sur les familles du Beauvaisis, que celle du nom de Poquelin était du nombre et que l'origine de la famille de Molière se trouvait indiquée dans ces documents. La connaissance des notes se rattachant à ces recherches serait une nouvelle source d'éclaircissements pour mieux affirmer que *la famille de Molière était originaire de Beauvais.*

BIBLIOGRAPHIE.

Les Apothicaires de Beauvais en 1628. — La Famille de Molière originaire de Beauvais. — par M. MATHON.

Nous ne saurions dire avec quelle ardeur, se conformant au désir d'un ministre illustre, les érudits et les archéologues se livrent, depuis quelques années, particulièrement dans le département de l'Oise, à des recherches dont les résultats contribuent tant à éclairer certains points de l'histoire locale. Les monographies publiées par eux sont lues avec un vif intérêt, et c'est toujours pour nous un plaisir de signaler celles qu'on veut bien nous adresser.

M. Mathon, correspondant du ministère de l'instruction publique pour les travaux historiques, vient de faire paraître à la librairie de veuve Henaux, à Paris, deux nouvelles notices, qui concernent, comme la plupart de leurs devancières, notre vieille cité. L'une est intitulée : *Les Apothicaires de Beauvais en 1628*, l'autre : *La Famille de Molière originaire de Beauvais*.

Notre savant compatriote n'a trouvé aux archives nationales qu'un seul document se rattachant à la corporation des prédécesseurs éloignés de nos pharmaciens. Dans le principe, le métier d'apothicaire fut confondu avec celui d'épicier, de droguiste, d'herboriste et même de chandelier. Plus tard, ces diverses professions se séparèrent, et, vers le XVIe siècle, celle d'apothicaire devint tout-à-fait distincte des autres. M. Mathon retrace, d'une façon aussi nette que rapide, l'histoire du métier dont Molière a quelque peu ri ; il donne ensuite les statuts pour les apothicaires de Beauvais en 1628.

Molière vient d'être cité. Se douterait-on que sa famille était originaire de notre ville ? On nous l'avait déjà affirmé ; M. Mathon en fournit des preuves irrécusables, et c'est là l'objet de la seconde notice que nous annonçons. Molière, on le sait, s'appelait Poquelin ; or le nom de Poquelin se rencontre dans de nombreux actes conservés au Palais de justice, et l'on voit au musée une pierre tombale sur laquelle est inscrit le nom de Simone Poquelin, morte en 1592.

Aux preuves produites par M. Mathon, nous ajouterons qu'une maison de la rue Saint-Sauveur était, au XVIIe siècle, en possession de Robert Poquelin ; elle avait pour enseigne la *Salamandre*. Un ami de la famille de Molière, le sieur Ticquet, de Beauvais, assista, comme témoin, au mariage d'un frère de l'immortel auteur de l'*Avare*. Enfin dans un contrat signé, le 20 février 1697, chez le notaire Ticquet, il est fait mention d'une habitation appartenant à un sieur Poquelin ; elle était située au coin des rues Saint-Sauveur et Saint-Antoine, et connue sous le nom de l'*Hôtellerie de la ville de Lyon*.

Tout cela atteste suffisamment que la famille Poquelin, c'est-à-dire celle de Molière, eut son berceau à Beauvais ; c'est là un nouveau titre de gloire pour la patrie de Jeanne-Hachette.

Remercions, en terminant, M. Mathon de ses recherches, qui ajoutent aux trésors de la science. Ses efforts ont abouti à des résultats utiles, et on lui saura gré de ne pas s'en tenir à ce qu'il a écrit.

(*Extrait du Moniteur de l'Oise.*)   L. LE SAINT.

Beauvais. — Imprimerie de C. Moisand.

www.ingramcontent.com/pod-product-compliance
Lightning Source LLC
Chambersburg PA
CBHW061511170626
46811CB00004B/1697